# LA
# ESCOBA
# DE LA VIUDA

Para mi amigo Maurice

Primera edición en inglés: 1992
Primera edición en español: 1993
     Sexta reimpresión: 2002

Coordinador de la colección: Daniel Goldin
Traducción de Catalina Domínguez

Título original: *The Widow's Broom*
© 1992, Chris van Allsburg
Publicado por Houghton Mifflin Company, Boston
ISBN 0-395-64051-2

D.R. © 1993, FONDO DE CULTURA ECONÓMICA, S.A. DE C.V.
D.R. © 1995, FONDO DE CULTURA ECONÓMICA
Carr. Picacho Ajusco 227; México, 14200, D.F.
www.fce.com.mx

ISBN 968-16-4005-5

Impreso en Italia
Grafiche AZ, Verona.
Tiraje 10 000 ejemplares

# LA ESCOBA DE LA VIUDA

## CHRIS VAN ALLSBURG

LOS ESPECIALES DE

## *A la orilla del viento*

FONDO DE CULTURA ECONÓMICA
MÉXICO

Las escobas de las brujas no son eternas. Se van haciendo viejas y llega el día en que, aun las mejores, pierden la capacidad de volar.

Afortunadamente, esto no sucede en un instante. Una bruja puede sentir cómo, poco a poco, su escoba va perdiendo potencia. Los derroches repentinos de energía que alguna vez la elevaron rápidamente hacia el cielo se van debilitando. Cada vez es más necesario un mayor impulso para despegar. Las veloces escobas que de nuevas competían con los halcones, se ven rebasadas por los lentos gansos voladores. Cuando suceden estas cosas, una bruja sabe que es hora de desechar su vieja escoba y mandar a hacer una nueva.

En muy raras ocasiones, sin embargo, una escoba puede perder su poder sin previo aviso, y desplomarse, con su pasajera, tierra abajo... eso es lo que justamente sucedió una fría noche de otoño, hace muchos años.

Del cielo iluminado por la luna, cayó en picada una oscura figura cubierta con una capa. La bruja, junto con su cansada escoba, fue a parar a un lado de la pequeña casa blanca de una granja, el hogar de una solitaria viuda llamada Mina Shaw.

Al amanecer, la viuda Shaw descubrió a la bruja que yacía en su huerto de legumbres. Estaba magullada y ensangrentada y no se podía sostener en pie. A pesar de su temor, y gracias a que era una bondadosa mujer, Mina Shaw ayudó a la bruja a entrar en su casa y la acostó en la cama.

La bruja le pidió a Mina Shaw que corriera las cortinas; después, se envolvió toda en su negra capa y se durmió profundamente. Así se quedó, sin moverse, todo el día. Cuando finalmente despertó a medianoche, sus heridas habían sanado por completo.

Se levantó de la cama y anduvo silenciosamente por la casa de la viuda. Mina Shaw dormía en una silla junto a la chimenea, donde ardían las brasas de un fuego moribundo. La bruja se arrodilló y tomó con la mano uno de los carbones candentes.

Afuera, encendió una fogata con hojas y ramas a la que echó uno de sus cabellos. El fuego silbó y crepitó, ardiendo con una brillante luz azul.

Poco después, la bruja pudo distinguir una forma oscura volando por encima de su cabeza. Era otra bruja que, girando lentamente, aterrizó junto al fuego. Las dos mujeres hablaron brevemente; la primera hacía ademanes señalando el jardín donde estaba su vieja escoba. Después, se sentaron una junto a la otra en la escoba de la segunda bruja y emprendieron el vuelo, sobrevolando las copas de los árboles.

Cuando Mina Shaw despertó, no se sorprendió de que su huésped se hubiera ido. Sabía que las brujas tenían poderes poco comunes.

Tampoco se sorprendió cuando vio que había dejado la vieja escoba. La viuda supuso que había perdido su magia. Ahora era una escoba ordinaria, igual a la que tenía en su cocina. Comenzó a usarla en la casa y se dio cuenta de que no era mejor ni peor que las escobas que había usado antes.

Una mañana, Mina Shaw todavía estaba en la cama cuando oyó un ruido que provenía de la cocina. Se asomó y vio algo que hizo saltar su corazón. Allí estaba la escoba, barriendo el suelo ella sola. Se detuvo un momento y volteó hacia la viuda, para luego retornar a su trabajo.

Primero, Mina se asustó, pero la escoba parecía inofensiva y, más que eso, estaba haciendo el trabajo muy bien. Desafortunadamente, se la pasó barriendo todo el día.

Al anochecer, para tener algo de paz, encerró a la escoba en un armario, pero como ésta estuvo tocando la puerta durante más de una hora, Mina se sintió culpable y la dejó salir. Cuando se metió en la cama, la escoba seguía barriendo los cuartos una y otra vez, y la viuda se quedó pensando si tal vez podría aprender a hacer otras cosas.

En la mañana llevó a la escoba fuera de la casa y descubrió que era muy buena alumna. Sólo necesitaba mostrarle cómo hacer algo una sola vez. Pronto, la escoba pudo cortar leña y acarrear agua, dar de comer a las gallinas y traer a la vaca después de pastar. Hasta podía tocar melodías fáciles en el piano.

No pasó una semana sin que los vecinos de la viuda, los Spivey, se enteraran de la escoba. Su granja estaba del otro lado del camino y eran los únicos que habitaban en las cercanías. Uno de los ocho niños Spivey fue el primero en ver a la escoba. Cuando se lo contó a su padre, el señor Spivey salió derecho a casa de la viuda.

—¿Es cierto? —le preguntó. ¿Realmente tenía una escoba así?
—Sí —contestó Mina—. ¡Es maravillosa!
Le contó a su vecino todo sobre la escoba y la bruja que la había dejado. Después lo llevó a la parte trasera de la casa, donde la escoba se afanaba en cortar leña.

El señor Spivey se quedó aterrado.
—Esto es algo maligno, maligno —dijo—. Esto es el demonio.
La escoba dejó de trabajar y, todavía asiendo el hacha, dio un brinco hacia la viuda y su vecino. El señor Spivey, con la cara enrojecida de cólera, se dio media vuelta y se marchó apresuradamente.

Pronto, los vecinos más alejados oyeron hablar sobre la escoba y visitaron la granja de la viuda. Los hombres que la vieron parecían estar de acuerdo en que probablemente era algo maligno. Pero sus esposas señalaban que era una gran ayuda para la viuda y que tocaba el piano bastante bien, tomando en cuenta que sólo podía tocar una nota a la vez. Ninguno tenía ideas tan obstinadas como el señor Spivey. "Es maligna y peligrosa", le decía a todo aquél que lo oyera. "Lo vamos a lamentar si esta cosa permanece entre nosotros."

Los días pasaban y la escoba seguía tan inocente y trabajadora como siempre. Aunque había aprendido a hacer muchas cosas, barrer le proporcionaba un placer especial. Después de todo, era una escoba. Algunas veces, cuando no quedaba nada por hacer en la casa de la viuda, se iba saltando hasta el camino que separaba la granja de Mina Shaw de la de los Spivey. El camino era de tierra, claro está, y la escoba se entretenía allí durante horas.

Una tarde, dos de los niños Spivey y su perro andaban por el camino donde la escoba trabajaba muy contenta. Cuando vieron lo que ésta hacía, patearon las piedritas que había barrido, de vuelta sobre el sendero. La escoba los ignoró y se fue arrastrando a barrer otra parte del camino.

Pero los niños Spivey no tenían intenciones de dejarla en paz. La insultaron. Como siguió ignorándolos, recogieron un par de varas y comenzaron a golpear el mango de la escoba.

Finalmente, dejó de barrer. Se dirigió hacia los dos niños y les dio unos buenos coscorrones; los niños rompieron a llorar y se tiraron al suelo. La escoba se alejó brincando, pero el perro de los Spivey corrió tras ella, ladrando y mordiéndola.

—¡Atrápala! —gritaron los niños.

El pequeño perro dio un salto y se prendió del mango de la escoba. Pero sólo por unos instantes.

Al anochecer, el señor Spivey condujo su carreta hasta la casa de la viuda. No iba solo. Tres hombres de las granjas vecinas estaban en la carreta, llevaban un palo largo de madera y varios rollos de cuerda.

El señor Spivey golpeó con fuerza la puerta. Cuando Mina abrió, se asustó de lo que vio.
—Hemos venido por la escoba —le dijo su vecino—. Golpeó a mis hijos y es muy probable que le haya hecho algo peor a mi perro.
—Habían buscado al pobre animal por todos lados.

Por sus caras, la viuda supo que los hombres no se irían sin su escoba. Nada podía hacer para detenerlos. Por un momento guardó silencio, y luego contestó:
—Claro que tienen razón. Si hizo una cosa así, debemos deshacernos de ella.

Llevó a los hombres a su cocina.
—Duerme aquí —murmuró, señalando el armario—. Si se la llevan con mucho cuidado, no se despertará. —Los hombres sabían lo fuerte que era la escoba y desearon que la viuda tuviese razón.

Abrieron el armario, descubriendo a la escoba durmiente. Uno de los granjeros la sacó y la recargó suavemente contra el palo de madera, mientras los otros la fueron envolviendo en metros y metros de cuerda.

Cargaron la escoba fuera de la casa, encajaron el palo en la tierra y amontonaron paja a su alrededor. El señor Spivey le prendió fuego. Inmediatamente, las llamas convirtieron la escoba en cenizas.

La vida pronto volvió a la normalidad en la granja de la viuda. Los Spivey incluso encontraron a su perro, a salvo pero hambriento, en las ramas de un alto abeto.

Entonces, una mañana, Mina Shaw acudió a sus vecinos con noticias alarmantes. Había visto el fantasma de la escoba. Era tan blanco como la nieve y recorría el bosque en la noche, llevando un hacha. El señor Spivey no le creyó. Pero esa noche, bajo una luna llena, observó desde una ventana al blanco fantasma salir del bosque y lentamente rondar su casa. A la noche siguiente volvió, acercándose aún más, y la noche después de ésa regresó otra vez y golpeó ligeramente la puerta con el hacha.

A la siguiente mañana, el señor y la señora Spivey empacaron sus pertenencias más preciadas y a sus ocho hijos en la carreta. El señor Spivey trató de convencer a la viuda de que se fuera con ellos, pero ella prefirió quedarse en su pequeña casa. Salió al camino mientras la carreta se alejaba y les dijo adiós con la mano.

—¡Es usted una mujer valiente! —le gritó el señor Spivey.

Esa noche la viuda se quedó dormida en su silla, junto al fuego. Había estado escuchando música, canciones fáciles tocadas en el piano, una nota a la vez. Un suave golpecito en el hombro la despertó. Alzó la vista y le sonrió a la escoba, que no tenía nada de fantasma, sino que todavía estaba cubierta con la capa de pintura blanca que ella le había puesto.

—Tocas muy bonito —dijo Mina Shaw. La escoba se arqueó, puso un leño en el fuego y tocó otra melodía.